AF310905

L'EXHUMATION

DE

VOLTAIRE

PAR

M. ALBERT BABEAU

Membre résidant de la Société Académique de l'Aube

TROYES

IMPRIMERIE ET LITHOGRAPHIE DUFOUR-BOUQUOT

Rue Notre-Dame, 41 et 43.

—

1874

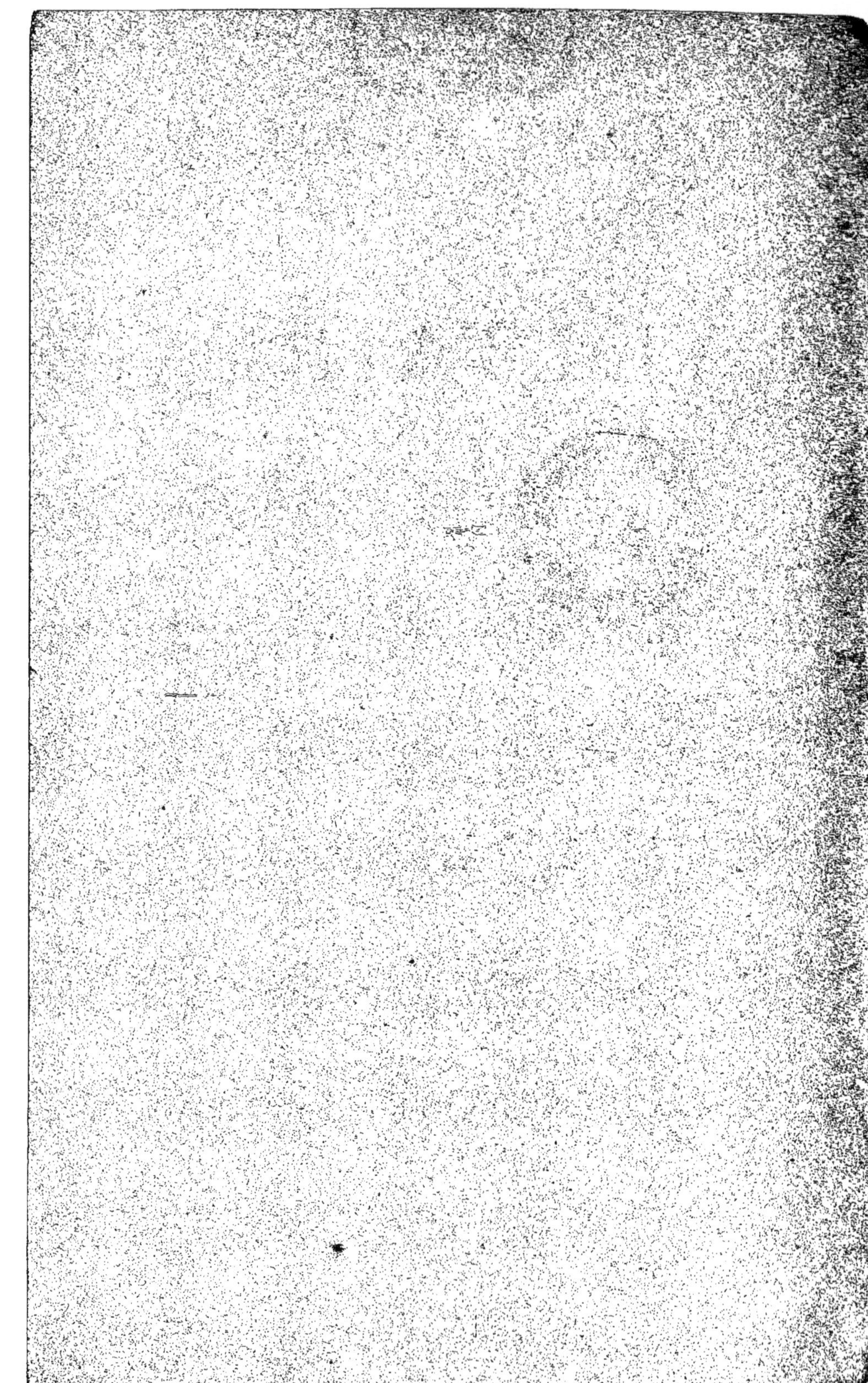

L'EXHUMATION

DE

VOLTAIRE

PAR

M. ALBERT BABEAU

Membre résidant de la Société Académique de l'Aube

TROYES

IMPRIMERIE ET LITHOGRAPHIE DUFOUR-BOUQUOT

Rue Notre-Dame, 41 et 43.

1874

L'EXHUMATION

DE

VOLTAIRE

On sait que Voltaire fut inhumé, en 1778, dans l'église de l'abbaye de Scellières, par les soins de son neveu, l'abbé Mignot : « Transporté de Paris, dit un contemporain, il passa à Provins. Son corps, embaumé par le moyen des incisions, était revêtu d'une robe de chambre et sa tête couverte d'un bonnet de nuit. Assis dans un carrosse, et suspendu sous les bras, on le voyait dans l'attitude d'une personne qui dort. Arrivé dans l'abbaye de Scellières, paroisse de Romilly-sur-Seine, le corps fut exposé pendant l'office, entouré d'un grand luminaire ; et le plus digne des mausolées a été enterré simplement dans un cercueil de bois, près la porte du chœur. Il faut se taire sur des particularités encore plus tristes. D'abord, aucune marque ne distinguait la sépulture du célèbre défunt. Par les ordres de M. Mignot, abbé de ce monastère, une inscription a été sculptée par De Campagne, prieur de cette abbaye. Une pierre grise, longue d'environ un pied et demi sur un pied de large, présente les deux lettres initiales A et V entrelacées ; l'A est surmonté d'une croix entre ces chiffres 17+78. La pierre nue et sans cadre est posée sur l'estomac... »

C'est à un libraire de Provins, nommé Michelin, qui s'intitulait membre de l'Académie des apathistes de Florence (1), que nous devons ces détails (2). Il les consigna dans une lettre adressée au *Journal de Champagne*, du 26 août 1782. Un passage de cette lettre excita la susceptibilité du prieur Campagne, qui prétendit qu'il était hors de toute vérité que l'abbé Mignot lui eût donné l'ordre de faire sculpter la pierre tumulaire, et encore moins de la sculpter lui-même. C'était Dom Campagne qui avait pris l'initiative de la pose de cette pierre, pour donner satisfaction au concours considérable de personnes de tout rang que la curiosité de visiter la sépulture de Voltaire attirait à Scellières (3).

L'abbaye de Scellières, de l'ordre de Cîteaux, était située à une demi-lieue de Romilly, sur un tertre environné de prairies arrosées par les eaux de la Seine, qui s'y répandaient par plusieurs canaux. L'église avait été détruite par les huguenots en 1567 ; le chœur seul avait été reconstruit (4). Les bâtiments de l'abbaye menaçaient ruine depuis longtemps ; la maison conventuelle, « qui venait d'écrouler et qui était étayée de toutes parts » en 1756, fut relevée par les soins des religieux, qui réparèrent également à la même époque les murs de clôture et l'église. Les religieux étaient peu nombreux ; en 1729, on n'en comptait que deux ; le prieur Claude de Gissey et Bernard de Villiers. Ils avaient peine à se suffire avec le tiers des revenus de l'abbaye, qui leur était réservé et qui

---

(1) Michelin prenait aussi le titre de libraire de S. A. S. le prince régnant de Salm-Kyrbourg, qui était seigneur engagiste du canal royal de Provins. La pierre et l'inscription dont parle Michelin, existent encore aujourd'hui.

(2) Ces détails sont confirmés par une lettre du concierge du château de Pont, du 5 juin 1778, dans laquelle on lit : « Son cadavre est arrivé à Scellières en robe de chambre où il a été déposé sur une table, assis sur son séant dans une salle. » *Correspondance de Xavier de Saxe*, par M. Thévenot, p. 258.

(3) *Journal de Champagne* du 14 octobre 1782. Ce journal, qui paraissait à Reims depuis 1772, a eu quelques numéros imprimés à Troyes, chez la veuve Gobelet. Celui du 14 octobre 1782 est du nombre.

(4) Courtalon. *Top. historique*, t. III, p. 212.

montait à 1,523 l. nets, sur lesquels les charges s'élevaient à 923 l. Pour faire valoir une partie de leurs terres, ils devaient payer les gages et l'entretien de quatre domestiques. « Si ce n'était leur mesnagerie, dit le prieur, dans un style qui ne rappelle en rien celui de Voltaire, si ce n'était leur mesnagerie, ils auraient bien de la peine à vivre, quoyqu'il ne sois que deux qui faict toute la communauté (1). »

Ce fut en 1755 que le neveu de Voltaire fut nommé abbé commendataire de Scellières. Vincent Mignot, frère de Mme Denis et de Mme de Dompierre d'Hornoy, n'avait point reçu la prêtrise, quoiqu'il eut suivi les cours du Séminaire à Troyes (2); mais on sait qu'il n'était point nécessaire d'être prêtre pour être abbé. Auteur de plusieurs ouvrages historiques complètement oubliés, il avait acheté en 1750 une charge de conseiller-clerc au Grand-Conseil et devint membre de l'Académie des Inscriptions et Belles-Lettres. Il ne ressemblait en rien à son oncle; « il est un peu épais, » dit Grimm dans sa correspondance. « L'oncle est sec comme une allumette; le neveu est gros comme un tonneau; l'oncle a des yeux d'aigle, le neveu a la vue basse. » Grimm ajoute qu'il était fort honnête homme. C'était plus qu'il n'en fallait pour obtenir un bénéfice. Mignot prit possession, le 11 août 1755, de l'abbaye de Scellières. Elle était à cette époque plus peuplée que de coutume, car elle renfermait un prieur et trois religieux (3). Ils étaient réduits à deux en 1778. Mais les revenus de l'abbé avaient suivi une proportion inverse. En 1771, ils n'étaient évalués qu'à 2,500 l.; en 1781, ils montaient à 4,000 l. (4). Comme l'abbatiale n'était pas habitable, Mignot,

---

(1) Archives de l'Aube, G. 801.

(2) Ce fait paraît résulter d'une phrase d'une lettre du prieur de Scellières, du 3 juin 1778, reproduite dans les *Mémoires sur les Troyens célèbres*, t. II, p. 454.

(3) Arch. de l'Aube. Registre G. 119, p. 7.

(4) D'après le pouillé de 1754, les revenus de l'abbaye de Scellières montent à 6,485 liv. dont 4,170 pour l'abbé. *Pouillé du diocèse de Troyes*, par M. D'ARBOIS DE JUBAINVILLE, p. 148.

qui résidait à Paris, rue d'Anjou-au-Marais, louait à ses religieux un appartement dans l'intérieur du monastère.

Malgré l'état de délabrement des bâtiments, les propriétés de l'abbaye étaient considérables. Elles comprenaient 124 arpents de terres labourables, 321 arpents de prés et 227 arpents de bois. Ces biens-fonds, avec les bâtiments et dépendances du monastère, furent estimés 260,588 l. en 1791; ils furent adjugés, moyennant la somme de 306,000 l., le 3 mai de la même année, à Louis-César de Baulny, ancien administrateur général des domaines, demeurant à Paris (1).

Lorsque, conformément à la loi, la vente de l'abbaye de Scellières fut annoncée, la Société des Amis de la Constitution de Troyes s'empressa de réclamer l'exhumation des restes de Voltaire, qui étaient déposés dans l'église (2). « Elle vient d'arrêter, écrivit-elle au Directoire du département, qu'il serait élevé un trophée à M. de Mirabeau comme étant un des principaux apôtres de notre liberté; doit-elle moins faire pour Celui qu'on peut en regarder avec raison comme l'heureux précurseur? » Après avoir rappelé que l'abbaye de Scellières allait être vendue comme bien national, la Société ajoutait : « Il est à présumer que la municipalité de Romilly, sur le territoire de laquelle se trouve ce précieux dépôt, voudra le recueillir dans son sein, et lui consacrer un monument digne de sa mémoire. Mais où (ce grand homme) pourrait-il être mieux que dans le chef-lieu du département? où peut être mieux placé le corps de M. de Voltaire que dans une ville près de laquelle il voulait autrefois fixer son séjour, que dans une ville enfin où le génie de la liberté va se déployer de plus en plus sous les auspices d'une administration aussi sage qu'éclairée (3)? »

La Société redoutait que la ville de Paris, formulant la

---

(1) Arch. de l'Aube. Actes de vente des biens nationaux, nº 191.

(2) Voir, sur la translation des restes de Voltaire, mon *Histoire de Troyes pendant la Révolution*, t. I, p. 439 et suiv.

(3) Cette lettre, du 20 avril, signée par Bergerat, président, Rondot fils et Raoul, secrétaires, fut renvoyée le 27 par le département au district.

même demande qu'elle, ne fît prévaloir ses droits. « Sur les propositions de Paris, écrit-elle le 2 mai, il arriverait infailliblement que le département de l'Aube se trouverait privé d'une propriété qu'il doit regarder comme la sienne, puisque le fanatisme, la superstition et la tyrannie, ayant *respué* (ces restes), ils n'avaient trouvé d'asile que sur le territoire formant le département de l'Aube. »

La municipalité de Romilly demandait, de son côté, qu'il lui fût permis de conserver le chef et le bras droit de Voltaire. Cette réclamation, consignée dans un procès-verbal en date du 4 mai, fut repoussée par le directoire départemental qui autorisa la Société des Amis à faire transporter à Troyes le corps du philosophe. L'architecte Milony, Herluison-Cornet, Hadot et Déan fils furent désignés par la Société pour s'entendre avec le district de Nogent et la municipalité de Romilly, au sujet de la remise du corps (1).

On avait compté sans l'Assemblée nationale. Le décret qu'elle rendit le 8 mai, pour ordonner le dépôt des restes de Voltaire dans l'église de Romilly, est reproduit dans le procès-verbal de la municipalité de cette ville. Ce procès-verbal a une véritable importance, parce qu'il contribue à réfuter le bruit répandu par les journaux anglais en 1791, que les restes de Voltaire étaient ceux d'un jardinier du couvent qui avait été enterré à côté de lui. M. Patris-Debreuil a publié une lettre de Bouillerot, curé de Romilly, qui traite de « vraie fable » l'enlèvement de Voltaire, avec l'autorité d'un témoin oculaire de l'exhumation. « Mais, ajoute Bouillerot, je n'ai aucune connaissance du procès-verbal qui fut dressé alors (2). » C'est ce procès-verbal, dont il avait cependant été fait plusieurs copies, que nous reproduisons aujourd'hui, d'après l'extrait qui est conservé aux Archives de l'Aube :

---

(1) Ces pièces, ainsi que le procès-verbal d'exhumation, sont conservées aux archives de l'Aube, série L, liasse 1433. Une lettre de la Société des Amis, également relative à la translation des restes de Voltaire et datée du 10 mai, se trouve dans la liasse 1435.

(2) *Mémoires sur les Troyens célèbres*, t. II, p. 463.

Extrait des registres des délibérations du greffe de la municipalité de Romilly-sur-Seine.

Ce jourd'huy dix may mil sept cent quatre-vingt-onze neuf heures du matin les officiers municipaux assemblés en la maison commune ont reçu l'extrait du procès-verbal de l'Assemblée nationale dont la teneur suit :

Extrait du procès-verbal de l'Assemblée nationale du 8 may 1791 : L'Assemblée nationale décrète que le corps de Marie-François Arouet de Voltaire sera transféré de l'église de l'abbaye de Scellières dans l'église paroissiale de Romilly, sous la surveillance de la municipalité dudit lieu de Romilly, qui sera chargée de veiller à la conservation de ce dépôt, jusqu'à ce qu'il en ait été statué par l'Assemblée nationale sur la pétition de ce jour qui est renvoyée au comité de Constitution. Collationné à l'original par nous, secrétaires de l'Assemblée nationale. A Paris, les jours et an que dessus. Signé : Geoffroy, La Charmie, F.-C. Baillot, Besse, curé de Saint-Aubin. — Scellé du sceau de l'Assemblée nationale.

Lesdits officiers municipaux ont aussitôt assemblé le conseil général de la commune. Ouï les conclusions du procureur de la dite commune, il a été délibéré qu'il serait procédé à l'exhumation du corps de Voltaire, inhumé à Scellières, paroisse de Romilly, pour être transféré en l'église dudit Romilly, que M. le Curé dudit lieu serait invité à y assister avec son clergé, lesdits officiers municipaux et les s^rs Jean-Dominique Legeste, juge de paix du canton, Etienne Vergeot, premier assesseur, Sévère Favreau, assesseur, Gilberton, régisseur, tous demeurant à Romilly, témoins pris hors le corps de la municipalité ; que M. le Commandant de la garde nationale serait invité à faire mettre la garde sous les armes pour assister à la cérémonie, tambours battants, drapeaux déployés ; que les s^rs Napias et Lemerle, chirurgiens à Romilly, seraient priés de se transporter à l'effet de faire la visite et déclarations de l'état du corps, et ce pour le même jour dix may, trois heures de relevée. Les officiers municipaux ont fait eux-mêmes l'invitation à toutes les personnes ci-dessus dénommées. A trois heures, le clergé, les officiers municipaux et le cortége sont partis accompagnés d'une infinité de citoyens, au son des cloches se sont rendus dans le chœur de l'église de Scellières ; mais comme le corps de Voltaire inhumé en 1778 dans la nef de cette église, laquelle séparée du chœur par une grille, s'est trouvée enfermée par des scellés apposés par MM. les Administrateurs du district de Nogent-sur-Seine sur la dite grille, et que la porte du dehors était verrouillée en dedans, ne pouvant pénétrer audit lieu, ils ont levé les scellés qu'ils ont trouvés sains et entiers, et sont entrés dans la nef, et à trois pieds en face du milieu de la dite grille, ont fait fouiller jusqu'à l'endroit où reposait ledit corps ; ils ont trouvé le cercueil presque entier, l'ont fait tirer de terre, ont fait détacher les planches de dessus et des côtés. Les chirurgiens ont visité le corps, ont déclaré qu'il était entier à cela près de parties des pieds dont il n'est paru aucun vestige, que le linceul était pourri, noir et collé au corps, les chairs desséchées, et cependant conservées à peu près dans leur grosseur naturelle. Lesdits officiers municipaux ont fait mettre ledit corps avec la planche de dessous son cercueil, à laquelle il est comme collé, dans un cercophage (*sic*) qu'ils ont fait apporter, ont laissé ledit cercophage ouvert environ une heure aux yeux du peuple, et couvert de sabres croisés. M. le Commandant a fait défiler la garde autour du corps, y a préposé quatre sentinelles, a fait défiler ladite garde à l'entour de la fosse dans laquelle il a été fait une décharge générale. Ladite municipalité a fait refermer la grande porte de l'église et la grille du dedans, a reposé un scellé signé d'elle et du procureur de la commune avec un cachet qui lui a été prêté et qu'elle conservera jusqu'à la reconnaissance à faire lors de la levée. (Ce cachet porte l'empreinte de trois tours et un chevron brisé.) Cela fait, le corps a été conduit processionnellement, couvert d'un drap mortuaire, de branches et de fleurs, accompagné de chants lugubres, de ladite église en celle de Romilly. Là, déposé sur quatre tréteaux, à l'entrée du chœur, on a chanté les vêpres des morts. M. le Curé a prononcé un discours à ce sujet ; après la cérémonie, les officiers municipaux ont fait fermer le cercophage, ont apposé sur iceluy un sceau portant la même empreinte que dit est ci-dessus, ont laissé le dit cercophage déposé dans l'église et ont préposé une garde à sa conservation, les jour et an susdits à neuf heures du soir. Cela fait et de suite,

M. le Procureur a dit : Messieurs, je requiers qu'il soit donné copie du procès-verbal à M. le Président de l'Assemblée nationale, à MM. les Directeurs du département de l'Aube, à MM. les Administrateurs du district de Nogent-sur-Seine, et à MM. les Juges du tribunal du district dudit Nogent ; que le tribunal soit prié de rendre une sentence sur les conclusions de M. le Commissaire du roy, qu'il ordonne qu'il sera fait mention du procès-verbal d'exhumation du corps de Voltaire sur le registre de sépulture de la paroisse de Romilly de l'année 1778 en marge de l'acte d'inhumation qui en a été fait, et que le présent procès-verbal sera copié en entier sur le registre de sépulture de la paroisse de Romilly-sur-Seine, signé de M. le Curé, des officiers municipaux et des quatre témoins, et qu'il sera fait un service solennel vendredy, 20 présent mois, en l'honneur de Voltaire, auquel MM. les Administrateurs du district de Nogent-sur-Seine et du tribunal du dit district, seront invités de se trouver et assister, et d'honorer la commune de leur présence.

Ouï M. le Procureur de la commune en ses conclusions, nous avons délibéré qu'elles seront exécutées selon leur forme et teneur à la requête et diligence de mondit s^r Procureur de la commune de Romilly les an et jour que dessus, et ont signé sur le registre : Favreau, maire, Bouillerot, curé dudit Romilly, Michel, Bonaventure-Thomas, Bazin, Gilberton, Legeste, juge de paix, Et. Vergeot, Sévère Favreau, Napias et Lemerle, chirurgiens, et Vallée, secrétaire.

Collationné conforme à l'original par nous secrétaire soussigné,

VALLÉE,
Secrétaire de la municipalité.

Ce procès-verbal, dont on peut apprécier l'intérêt, constate que le corps de Voltaire était entier, à l'exception de parties des pieds dont il n'a paru aucun vestige. On a peut-être voulu dissimuler, par cette rédaction, l'enlèvement qui fut fait alors de quelques os du pied de Voltaire, sans doute par des admirateurs fanatiques du philosophe. Bouillerot avoue que le *calcaneum* fut ainsi emporté. Le premier os du métatarse, détaché sans doute dans la même circonstance, a été donné au Musée de Troyes, où il figure encore aujourd'hui (1).

On remarquera aussi, en lisant ce procès-verbal, avec quelle rapidité le décret du 8 mai est mis à exécution. La municipalité de Romilly ne se préoccupe pas de la sanction du roi, qui ne fut donnée que le 15. La puissance royale est alors si méconnue qu'il suffit qu'une loi soit votée par le pouvoir législatif pour être immédiatement exécutée. L'apothéose de Voltaire, qui suivit son exhumation, est un nouveau symptôme du discrédit où était tombée cette puissance. Une estampe du temps nous représente une Renommée, qui dans son vol audacieux renverse du pied le buste du roi, tandis qu'elle proclame la gloire de Voltaire, dont la tête est entourée d'une auréole d'étoiles, et dont le piédestal porte cette inscription : « *L'Homme immortel* (2). » Sur les ruines de l'autorité détruite, on exaltait dans Voltaire l'esprit de discussion, véritablement fécond pour le progrès des mœurs et des institutions, lorsqu'il est tempéré par le respect, — toujours funeste, lorsqu'il se préoccupe de détruire plutôt que de fonder.

Troyes, juillet 1874.

---

(1) Voir dans l'*Annuaire de l'Aube*, 1857 : *Translation de Voltaire à l'abbaye de Scellières*, par M. Amédée AUFAUVRE. L'os du métatarse avait, dit-on, été recueilli par le docteur Bouquot, présent à l'exhumation. Le procès-verbal ne fait pas mention de sa présence. — M. Amédée Aufauvre a aussi publié une notice sur *Voltaire à Romilly* dans l'*Almanach de Troyes* de 1853, p. 144.

(2) Bibliothèque de Rouen. Collection Leber, n° 5,914.

44

9 782019 952549